AF363800

VENTE
PAR SUITE DE DÉCÈS
HOTEL DROUOT, SALLE N° 5

Du Lundi 18 Juin 1906

A DEUX HEURES

ANCIENNES

Porcelaines tendres

DE SÈVRES

OBJETS D'ART

ET

D'AMEUBLEMENT

COMMISSAIRES-PRISEURS

Me PAUL CHEVALLIER & Me M. COUTURIER
10, rue Grange-Batelière | 7, rue Scribe

EXPERTS

MM. MANNHEIM
7, rue Saint-Georges

IMPRIMERIE DE L'ART

CATALOGUE

DES

ANCIENNES PORCELAINES

DE SÈVRES, PATE TENDRE, DE SAXE, ETC.

Objets d'Art et d'Ameublement

BRONZES — MEUBLES

Dont la Vente, par suite de décès,

AURA LIEU A PARIS

HOTEL DROUOT, SALLE N° 5

Le Lundi 18 Juin 1906

à deux heures

COMMISSAIRES-PRISEURS

Mᶜ PAUL CHEVALLIER   **Mᶜ M. COUTURIER**
10, rue Grange-Batelière   7, rue Scribe

EXPERTS

MM. MANNHEIM, 7, rue Saint-Georges

EXPOSITION PUBLIQUE

Les Samedi 16 et Dimanche 17 Juin 1906, de 1 h. 1/2 à 5 h. 1/2

CONDITIONS DE LA VENTE

Elle sera faite au comptant.

Les adjudicataires payeront *dix pour cent* en sus des enchères.

Paris. — Imprimerie de l'Art, E. Moreau et Cⁱᵉ, 41, rue de la Victoire.

DÉSIGNATION

PORCELAINES TENDRES VARIÉES

1 — Quatre cache-pots en ancienne porcelaine tendre blanche de Sèvres; anses à rocailles; rehauts
de dorure.

2 — Petite tasse et sa soucoupe en ancienne porcelaine tendre blanche de Sèvres; décor de dentelles en dorure.

3 — Flacon à thé en ancienne porcelaine tendre
blanche de Sèvres, décor de dentelles en dorure,
bouchon en argent.

4 — Deux présentoirs en ancienne porcelaine tendre de Sèvres; décor d'oiseaux et de feuillages
en dorure; chutes à fond bleu.

5 — Tasse et sa soucoupe, décor de barbeaux. Ancienne porcelaine tendre de Sèvres.

6 — Jardinière formée d'un sucrier en ancienne
porcelaine tendre de Sèvres, à décor de rocailles
et bouquets de fleurs. Monture en bronze.

7 — Plateau oblong, à bouquets de fleurs et dents de loup en dorure. Ancienne porcelaine tendre de Sèvres.

8 — Petite tasse à deux anses et sa soucoupe décorée de bouquets de fleurs en camaïeu rose. Ancienne porcelaine tendre de Sèvres.

9 — Deux plats à bords contournés décorés de bouquets de fleurs et de coquilles et rocailles ajourées rehaussées de hachures bleues et de dorure. Ancienne porcelaine tendre de Sèvres.

10 — Ecuelle à deux anses avec son couvercle et son présentoir en ancienne porcelaine tendre de Sèvres; décor de réserves à fleurs sur fond gros bleu, caillouté or.

11 — Ecuelle à deux anses avec son couvercle et son plateau; ancienne porcelaine tendre de Sèvres. Décor de réserves à paysages avec rehauts de dorure.

12 — Ecuelle à deux anses avec son couvercle et son plateau en ancienne porcelaine tendre de Sèvres; décor de bouquets de fleurs et filets bleus.

13 — Tasse et sa soucoupe en ancienne porcelaine tendre de Sèvres, à décor d'entrelacs symétriques en bleu et dorure.

14 — Pot à lait en ancienne porcelaine tendre de Sèvres, décoré de guirlandes de feuillages et

d'une grecque sur fond pointillé rouge avec fleurettes en relief.

15 — Tasse et sa soucoupe décorées de paysages animés sur fond vert à œils-de-perdrix. Ancienne porcelaine tendre de Sèvres.

16 — Tasse droite et sa soucoupe en ancienne porcelaine tendre de Sèvres ; décor de petits médaillons à fruits, guirlandes de feuillages sur fond à rayures roses et avec semis de pois en dorure.

17 — Tasse droite, son couvercle et sa soucoupe, décor de médaillons avec oiseau et de compartiments alternés à fleurs et carrelages. Ancienne porcelaine tendre de Sèvres.

18 — Tasse-trembleuse obconique et son présentoir en ancienne porcelaine tendre de Sèvres, décor de bouquets de fleurs avec dents de loup en dorure.

19 — Tasse et sa soucoupe en ancienne porcelaine tendre de Sèvres ; décor de bouquets de fleurs en camaïeu bleu et dents de loup en dorure.

20 — Petit plateau carré à bords lobés ; décor de bouquets de fleurs et filets bleus. Ancienne porcelaine tendre de Sèvres.

21 — Tasse et sa soucoupe en ancienne porcelaine tendre de Sèvres, décorées en camaïeu rose, d'oiseaux et de branchages.

22 — Tasse-trembleuse et sa soucoupe en ancienne porcelaine tendre de Sèvres, décor de bandes à bouquets de fleurs et ornements symétriques sur fond pointillé, bleu et doré.

23 — Tasse-trembleuse et sa soucoupe en ancienne porcelaine tendre de Sèvres, décor à médaillons d'amours en grisaille, entourés de guirlandes de feuillages sur fond bleu à œils de perdrix.

24 — Tasse-trembleuse et sa soucoupe en ancienne porcelaine tendre de Sèvres, guirlandes de fleurs et bordure pointillée bleue.

25 — Cuvette et pot à eau avec couvercle mobile à charnière en argent, décor de guirlandes de fleurs retenues par des rubans bleus et roses. Ancienne porcelaine tendre de Sèvres.

26 — Deux sucriers avec couvercles et plateaux, décorés de bouquets de fleurs ainsi que de filets et hachures en bleu, rehauts de dorure. Ancienne porcelaine tendre de Sèvres.

27 — Théière et sucrier avec couvercles, pot à lait, quatre tasses et leurs soucoupes, en ancienne porcelaine tendre de Sèvres ; décor de branchages ondulés semés de fleurs sur fond à œils de perdrix.

28 — Petit pot avec son couvercle mobile à charnière en argent, décor de bouquets de fleurs. Ancienne porcelaine tendre de Sèvres,

29 — Plateau rond sur piédouche bas et à bords lobés, bouquets de fleurs et filets bleus. Ancienne porcelaine tendre de Sèvres.

30 — Tasse et soucoupe en ancienne porcelaine tendre de Sèvres, décor de jetés de fleurs et filets bleus.

31 — Tasse droite et sa soucoupe en ancienne porcelaine tendre de Sèvres, décorées de l'initiale A, de bouquets de roses et de deux zones bleues semées de pois en dorure.

32 — Écuelle avec son couvercle et son plateau en ancienne porcelaine tendre de Sèvres, décorée en camaïeu rose de guirlandes de fleurs.

33-34 — Seize tasses et soucoupes, deux pots à lait, théière et trois sucriers, fleurs avec dents de loup dorées. Ancienne porcelaine tendre de Sèvres.

35 — Écuelle à deux anses avec couvercle et présentoir, à décor de médaillons contenant des oiseaux sur fond vert à œils de perdrix. Porcelaine tendre de Sèvres. Epoque Révolutionnaire.

36 — Deux tasses et une soucoupe en ancienne porcelaine tendre de Vincennes, réserves contenant deux oiseaux, avec encadrements de fleurs en dorure sur fond gros bleu marbré.

37 — Soucoupe analogue et d'époque postérieure.

38 — Tasse obconique et sa soucoupe en ancienne porcelaine tendre de Vincennes, décor d'oiseaux dans des réserves avec encadrements de feuillages sur fond gros bleu marbré.

39 — Tasse-trembleuse obconique, avec son présentoir, en porcelaine tendre, décor de bouquets de fleurs et filets bleus. Bouton de couvercle formé d'un fruit en dorure.

40 — Tasse-trembleuse obconique, avec présentoir, décor de médaillons, fleurs et fruits sur fond bleu à œils de perdrix en dorure. Même porcelaine.

41 — Tasse obconique et son présentoir, décor de guirlandes de fleurs. Même porcelaine.

42 — Tasse-trembleuse obconique, avec son présentoir, en porcelaine tendre, décor de guirlandes de fleurs s'entrecroisant et placées entre deux filets bleus.

43 — Tasse et sa soucoupe, décor de bouquets de fleurs. Même porcelaine.

44 — Tasse et sa soucoupe, avec plateau carré, en porcelaine tendre, décor de quadrillés avec fleurettes, œils de perdrix et rinceaux en dorure sur fond bleu.

45 — Tasse à deux anses, avec son couvercle et sa soucoupe, en porcelaine tendre, à décor de mé-

daillons : amours et attributs en camaïeu rose
dans des encadrements de feuillages en dorure
sur fond gros bleu. Bouton de couvercle, formé
d'une fleur en ronde-bosse.

46 — Tasse à deux anses, avec couvercle et soucoupe, décor d'oiseaux dans des paysages.
Même porcelaine.

47 — Tasse droite et sa soucoupe en porcelaine
tendre, décor de couronnes de fleurs placées
entre deux bandes bleues, décorées de courses
de feuillages en dorure.

48 — Tasse droite et sa soucoupe en porcelaine
tendre, à décor de volatiles.

49 — Groupe en ancienne porcelaine tendre blanche : Enfant et fillette.

50 — Pot à crème avec couvercle en ancienne porcelaine tendre de Mennecy, à côtes torses et
branchages fleuris.

51 — Deux petits pots de toilette avec leurs couvercles, décor de bouquets de fleurs en ancienne
porcelaine tendre de Mennecy.

52 — Beurrier, avec son couvercle et son présentoir à bords lobés, décor d'insectes et de fleurs ;
bouton de couvercle formé de trois fleurs en
ronde-bosse. Ancienne porcelaine tendre de
Chantilly.

53 — Compotier rond en ancienne porcelaine tendre de Chantilly, décor de fleurs, chute à vannerie.

54 — Figurine d'enfant tenant des fleurs. Ancienne porcelaine tendre de Chelsea.

FAIENCES
ET PORCELAINES VARIÉES

55 — Sucrier, deux tasses et deux soucoupes, en ancienne faïence de Marseille, décor de rinceaux en vert.

56 — Écuelle, munie de deux anses, avec son couvercle, surmonté d'une fleur en ronde-bosse, décor de branches de fleurs. Ancienne faïence de Marseille.

57 — Deux sucriers, avec leurs couvercles, en ancienne faïence de Marseille, décor de fleurs ; boutons de couvercles, formés d'une rose en ronde-bosse.

58 — Deux cafetières variées, avec leurs couvercles, décor de fleurs. Ancienne porcelaine de la Compagnie des Indes.

59 — Cornet en ancienne porcelaine du Japon, décor de fleurs en bleu, rouge et or.

60 — Trois petites potiches, avec deux couvercles
et deux cornets, en ancienne porcelaine de Chine,
famille rose, décor de réserves à fleurs sur fond
capucin.

61 — Deux bouteilles en ancienne porcelaine de
Chine; décor d'oiseaux sur des branchages.

62 — Vase-balustre, à décor de paysages maritimes
et de fleurs. Ancienne porcelaine de Chine.

63 — Deux potiches en ancienne porcelaine de
Chine, émaillées bleu; montures en bronze.

64 — Deux potiches en ancienne porcelaine de
Chine, famille rose; décor de fleurs, ustensiles
et lambrequins. Elles sont montées en lampes
en bronze.

65 — Quatre potiches en porcelaine; décor de branches fleuries et lambrequins. Elles sont montées en lampes en bronze.

66 — Tasse et sa soucoupe en ancienne porcelaine
de Saxe : personnages dans des paysages sur
fond vert clair.

67 — Tasse et sa soucoupe en ancienne porcelaine
de Saxe : branches de fleurs dans des réserves
sur fond vert clair.

68 — Tasse avec sa soucoupe à galerie en ancienne
porcelaine de Saxe : bouquets de fleurs et bordure à vannerie.

69 — Deux léopards en ancienne porcelaine de
Saxe; décor au naturel : terrasses semées de
fleurettes.

70 — Sucrier avec son couvercle en ancienne porcelaine de Saxe, à réserves de fleurs sur fond vio-
lacé. Bouton de couvercle formé d'une fraise en
ronde-bosse.

71 — Deux tasses avec leurs couvercles et leurs
soucoupes munies d'une galerie ajourée, décorées de bouquets de fleurs, boutons de couvercles formés chacun d'une fleur en ronde-bosse.
Ancienne porcelaine de Saxe.

72 — Soupière à deux anses rocailles, avec son couvercle et son plateau à bords contournés, en
ancienne porcelaine de Saxe; décor de jetés de
fleurs, d'oiseaux dans des médaillons et de guir-
lendes de feuilles et coquilles gaufrées sous
couverte; bouton de couvercle formé d'une
figurine d'enfant prenant des fleurs dans une
corbeille.

73 — Théière avec son couvercle, en ancienne porcelaine de Saxe; décor de bouquets de fleurs.

74 — Bol, trois tasses à thé et une tasse à café avec
leurs soucoupes, en ancienne porcelaine de
Saxe; décor d'oiseaux, d'insectes et d'imbrications roses.

75 — Tasse et soucoupe ; décor de personnages
dans des paysages et d'imbrications roses.
Ancienne porcelaine de Saxe.

76 — Sucrier avec couvercle en ancienne porcelaine de Saxe, décoré de figures de mineurs.

77 — Sucrière-balustre, décorée de fleurs, en ancienne porcelaine de Saxe.

78 — Cinq tasses à café avec leurs soucoupes ; fleurs
en camaïeu rose. Ancienne porcelaine de Saxe.

79 — Plateau oblong à bords lobés en porcelaine
de Saxe Marcolini ; décor de fleurs.

80 — Statuette de personnage assis devant une
table et écrivant. Porcelaine de Saxe.

81 — Théière et sucrier, avec couvercles, deux
tasses et deux soucoupes, décor de guirlandes
et bouquets de fleurs. Ancienne porcelaine de
Kloster-Veilsdorf.

82 — Tasse et présentoir à galerie en porcelaine de
Vienne, décor de fleurs.

83 — Groupe formant flacon, composé de trois
singes. Porcelaine d'Allemagne.

84 — Cache-pot en ancienne porcelaine de Paris, à
décor de bouquets de fleurs.

85 — Tasse-trembleuse obconique, avec son couvercle et son présentoir, en ancienne porcelaine de Locré, décor de guirlandes de fleurs et de feuillages entrelacés.

86 — Vase ovoïde en ancienne porcelaine dure, décor de médaillons de fleurs. Monture en bronze.

BRONZES, MEUBLES

87 — Deux flambeaux-balustres en bronze doré. Époque Louis XV.

88 — Quatre candélabres en bronze doré, formés chacun d'une colonnette sur trois pieds-griffes, par *Thomire*. Époque Restauration.

89 — Buffle étouffé par un serpent en bronze. Socle en bois noir, à filets de cuivre et pieds-griffes en bronze doré.

90 — Pendule en bronze doré, ornée d'un vase, de guirlandes et de statuettes d'enfants personnifiant les Arts libéraux. Cadran signé : *J^{ques} Lacroix, à Paris*.

91 — Meuble à deux corps, muni de deux tiroirs, ouvrant à quatre portes, dont deux vitrées, en marqueterie de bois de couleur, à fleurs. Garnitures en bronze doré.

92 — Deux bergères en bois doré, à balustres et pieds cannelés en spirales, couvertes en satin blanc broché à fleurs.

93 — Meuble de salon en bois peint gris et doré, couvert en satin rouge broché, à bouquets et guirlandes de fleurs. Il se compose d'un canapé, six fauteuils, six chaises.

94 — **Quatre chaises légères** en bois doré, couvertes en satin rouge broché, à bouquets et guirlandes de fleurs.

95 — Seize chaises en bois sculpté, peint blanc, à décor de rubans, cannelures, baguettes enrubanées, etc., couvertes en velours rose.

96 — Meuble de salon en bois sculpté, peint blanc et doré, couvert en velours ciselé rose. Il se compose de deux canapés, six fauteuils, six chaises et une bergère.

97 — Meuble de salon en bois doré, couvert en satin broché, à fleurs et feuillages en blanc, sur fond bleu clair. Il se compose de trois canapés, deux bergères, douze fauteuils, huit chaises et quatre tabourets.

98 — Deux servantes-étagères en acajou, marbre blanc et bronze.

www.ingramcontent.com/pod-product-compliance
Lightning Source LLC
LaVergne TN
LVHW011453170726
843501LV00009B/3396